シェールとエバーに。
どうか忘れないで。
世界は、たったひとつのアイデアで
変えられるということを。
—— パパ

いつもわたしと、わたしの仕事を
支えてくれるみんなへ、感謝を込めて。
—— メイ・ベソム

アイデアたまご

の

そだてかた

ぶん コビ・ヤマダ　え メイ・ベソム　やく いとうなみこ

あるひ、ちいさな　アイデアが　うまれた。

「どうして　こんなこと、おもいついたんだろ？」
うまれたての　アイデアたまごを　ながめながら、
ぼくは　くびを　ひねった。

「へんな　たまご」　ぼくは　おもわず　つぶやいた。
ちっぽけで、たよりなくて、つかいみちだって　わからない。
だから　そのまま　ほうっておいた。

まるで、ぼくとは　なんの　かんけいも　ないもの　みたいに。

でも、アイデアたまごは　ぼくに　ついてきた。

ぼくは　だんだん　ふあんに　なった。
アイデアたまごを　みたら、みんなは　なんて　いうだろう？

かくさなくっちゃ。
アイデアたまごが　あらわれる　まえと、
なにも　かわらない　ふりを　するんだ。

だけど、アイデアたまごには　ふしぎな　ちからが　あった。
アイデアたまごの　ちかくに　いると、げんきが　でて、
しあわせな　きもちに　なったんだ。

アイデアたまごは　いった。
もっと　たべたい、もっと　あそびたい、
そして、もっともっと　ぼくをみて　と。

アイデアたまごは　おおきくなった。
やがて　ぼくらは　ともだちに　なった。

あるひ、ぼくは　ゆうきを　だして、アイデアたまごを　まちに　つれだした。
むねが　どきどき　した。
みんなに　わらわれたら　どうしよう。
くだらないと　おもわれるかもしれないな……。

ぼくの　ふあんは　あたった。
みんなは　かおを　しかめて　こう　いった。
「きみの　わるい　たまごだなあ！」
「きたい　したって、なんにも　うまれて　きやしないさ」

みんなの　ことばを　きいている　うちに、
ぼくの　ゆうきは　しぼんで　いった。
きっと　みんなが　ただしいんだ。
アイデアたまごなんか　すててしまおう。みんなのいけんに　したがおう――

でも　そのとき、はっと　きづいたんだ。
いったい　みんなが　なにを　しっているんだろう？
これは　ぼくの　アイデアだ。
みんなと　ちがってたって、かわってたって、
ちょっとばかり　おかしくたって、かまうものか！

ぼくは、アイデアたまごを　まもってやることにした。
まいにち　せわをして、いっしょに　あそび、
どんなときも　アイデアたまごの　みかたに　なった。

アイデアたまごは　どんどん　おおきくなった。
ぼくは　まえよりも　ずっと、アイデアたまごのことが　すきになった。

ぼくは　アイデアたまごの　ために、あたらしい　いえを　たてた。
やねが　おおきく　ひらいて、ほしを　みあげることの　できる　いえ
——あんしんして、ゆめみることの　できる　いえを。

アイデアたまごと　いっしょに　いると、わくわくした。
むくむく　ちからが　わいてきて、なんでも　できる　きがした。
「おおきく　かんがえるんだ」と　アイデアたまごは　いった。
「もっと　もっと　もっと　おおきく！」

アイデアたまごは　ひみつも　おしえてくれた。
たとえば、さかだちで　あるく　こと。
「どうだい」　アイデアたまごは　とくいげに　いった。
「せかいが　ちがって　みえるだろう？」

ぼくらは　いつも　いっしょだった——

そして　ついに　あのひが　きた。
アイデアたまごが　とつぜん　へんしん　したんだ。
アイデアたまごは　つばさを　ひろげ、いきおいよく　とびあがると、
あたり　いちめんに　いろを　ふりまきながら、
そらへ　すいこまれて　いった。

ぼくの　となりから、アイデアたまごが　きえた。
でも、いなくなった　わけじゃ　ない。
アイデアたまごは　せかいと　ひとつに　なったんだ。

あたらしい　せかいは、ぼくに　おしえてくれた。
アイデアたまごは　だれの　なかにも　いるってことを。
そう、きみの　なかにも。
いったい、なんのために　だって？

せかいを　かえるためさ！

Compendium のすべての仲間たちに心から感謝します。

What Do You Do With an Idea?
Written by: Kobi Yamada. Illustrated by: Mae Besom.
Designed by: Sarah Forster. Edited by: M.H. Clark & Amelia Riedler. Creative Direction by: Julie Flahiff

アイデアたまご の そだてかた

2016年2月12日　初版第1刷発行

文
コビ・ヤマダ
絵
メイ・ベソム
訳
いとう なみこ
印刷
萩原印刷株式会社
用紙
中庄株式会社
発行所
有限会社 海と月社
〒180-0003　東京都武蔵野市吉祥寺南町2-25-14-105
電話0422-26-9031　FAX0422-26-9032　http://www.umitotsuki.co.jp

定価はカバーに表示してあります。乱丁本・落丁本はお取り替えいたします。
　ISBN978-4-903212-53-1